AF200683

Fritzi Finn

Die Seifenblase und Fred, der Frosch,
auf der Suche nach der Liebe

Bibliografische Information der Deutschen Nationalbibliothek

Die Deutsche Nationalbibliothek verzeichnet diese Publikation
in der Deutschen Nationalbibliografie; detaillierte bibliografische
Daten sind im Internet über http://dnb.d-nb.de abrufbar.

Titelgestaltung u. Illustration: Katharina Netolitzki

Layout/Satz: www.autorenservice.net

Herstellung und Verlag:
BoD – Books on Demand, Norderstedt

ISBN: 978-3-7494-0704-0

Fritzi Finn

Die Seifenblase
und Fred, der Frosch,
auf der Suche
nach der Liebe

Der kleine Junge hatte sich an diesem Abend beeilt, seinen Schlafanzug anzuziehen. Es war sein Superman-Schlafanzug, und er fühlte sich wie immer sehr stark, unverwundbar und groß darin. Genau das Gefühl, das er heute gut gebrauchen konnte. Seine Mutter hatte ihm erzählt, dass sie ihn liebte und dass sein Vater ihn auch liebte. Doch der kleine Junge konnte damit nichts anfangen. Er glaubte ihr nicht. Er lebte alleine mit seiner Mutter, und sein Vater besuchte sie nur ab und an. Sie waren keine Familie mehr. Vor einiger Zeit hatten sie damit aufgehört. Was also sollte das mit der Liebe? Wenn sein Vater ihn lieben würde, wäre er doch da, und nicht irgendwo. Dann wären sie auch immer noch eine Familie, und nicht das, was davon übrig geblieben war. Tief seufzend setzte sich der kleine Junge auf sein Fensterbrett, zog seine Beine an und legte seine Hände darum.

Den Kopf auf seine Knie gelegt sah er hinaus in den Sternenhimmel. Es war ein lauer Sommerabend, von weiter weg hörte er Musik. Wahrscheinlich von dem Rummelplatz, den sie am Nachmittag besucht hatten.

Er durfte an diesem Nachmittag alles machen, was er wollte. Achterbahn fahren, am Schießstand selber schießen, Süßigkeiten essen, eben alles, was sein Herz begehrte. Er wollte eine Rose für seine Mutter schießen am Schießstand, was aber nicht geklappt hatte. Stattdessen erhielt er ein Seifenblasenfläschchen. Vollbepackt mit allen Süßigkeiten ging es dann ab in die Geisterbahn. Wie kindisch doch alle waren. Was für ein Gekreische und Getobe. Das waren doch nur jämmerliche Gestalten in der Geisterbahn, die die Arme auf und nieder schwenkten, mit den Augen rollten oder komische Schreie von sich gaben. Jeder konnte doch sehen, dass sie nicht echt waren. Die Geisterbahn erschien ihm total lächerlich und gab ihm den Rest. Der kleine Junge hatte keine Lust mehr zu bleiben und wollte nur noch nach Hause. Seine Stimmung wurde immer düsterer und seine Laune immer schlechter.

Nun saß er also auf seiner Fensterbank und wünschte sich wieder einmal, er könne mit seinem Superman-Schlafanzug hinausfliegen in die Welt. Er würde sich alles ganz genau anschauen, alles beobachten und herausfinden, wie tatsächlich alles funktionierte in der Welt. Und er wollte wissen, wo die Liebe zu finden war. Er glaubte seiner Mutter nicht. Er glaubte ihr überhaupt nichts von dem, was sie ihm erzählte, und er spürte auch nichts. Die Liebe müsste doch etwas Besonderes sein. Etwas Gutes oder Süßes. Mindestens so süß wie drei Gläser Nutella. Etwas, das seine Traurigkeit verschwinden ließ und etwas, das er auch wirklich spüren konnte. So wie er im Sommer die Sonne auf seiner Haut spürte. Schön warm und angenehm. Oder etwas, dass er schmecken könnte, Eis zum Beispiel oder eben seine Nutella-Brote. Genau so viel sollte es sein, dass er davon nicht Bauchweh bekäme. Wenn ich doch nur fliegen könnte, dachte der Junge wieder und seufzte nochmals tief.

Plötzlich fiel ihm sein Seifenblasenfläschchen ein. Wenn schon nicht er, dann sollte wenigstens die größte und schönste Seifenblase hinausfliegen in die Welt. Der Junge hüpfte aufgeregt von der Fensterbank und holte das Seifenblasenfläschchen aus seiner Kommode. Er lief zurück zum Fenster und öffnete es weit. Energisch das Fläschchen schüttelnd, holte er tief Luft, zog den Seifenblasenmacher aus dem Fläschchen. Er blies kräftig in die Öffnung. Eine wunderschöne Seifenblase in transparenten Farben waberte heraus. Für einen kurzen Augenblick konnte der kleine Junge sich selbst in der Seifenblase sehen. Er rief der Seifenblase zu: „Flieg' und such' die Liebe für mich! Und komm zurück zu mir!", setzte er noch nach. Aber da war sie schon weg, seine Seifenblase. Er konnte sie nicht mehr sehen in der dunklen Nacht.

Die Seifenblase waberte gemächlich vor sich hin, nahm verschiedene Formen an, mal rund, mal länglich, mal größer, mal kleiner. Sie stellte fest, dass sie ziemlich lebendig war, und sie trug den kleinen Jungen noch in sich. Eigentlich hätte sie gleich platzen müssen. Eigentlich. Sie flog langsam auf einen Lichtstrahl zu, der aus einem Fenster kam. Kurz vor dem Fenster bemerkte die Seifenblase die weit geöffneten Flügel des Fensters. Die Seifenblase war sehr neugierig, formte sich zu einer schönen runden Kugel und sah ins Zimmer hinein. Es war ein Badezimmer, in welchem ein junger Mann stand. Musik dröhnte laut aus dem Zimmer. Der junge Mann bewegte sich zu der Musik ziemlich dynamisch und ruckartig. Man könnte auch sagen, er verrenkte sich beinahe. Dazu ballte er mit der linken Hand eine Faust, die er immer wieder rhythmisch in die Luft stieß. Mit der rechten Hand sprühte er sich taktweise Unmengen an Haarspray auf seinen Kopf. Bei der nächsten Bewegung passierte es. Der Schritt war zu groß, der feuchte Boden zu glatt, der junge

Mann rutschte aus. Er konnte sich nur noch mit Mühe auf den Beinen halten, indem er sich mit der einen Hand abstützte. In der anderen Hand hielt er immer noch das Haarspray. Ein riesiger Schwall kam aus der Dose und landete nicht auf seinem Kopf, sondern komplett daneben. Der Schwall ging zum Fenster hinaus, direkt auf die Seifenblase. Die Seifenblase war im klebrigen Nebel gefangen und nun komplett von Haarspray umhüllt. So zusammengehalten war an ein Platzen nicht zu denken. Hätte sie husten können, wäre es jetzt an der Zeit gewesen.

Es war eher eine Art von Niesen, welches die Seifenblase ausstieß. Das Niesen wiederum befreite sie aus ihrer Starre und gab ihr einen Ruck zum Weiterfliegen. So langsam fand die Seifenblase Gefallen an ihrem Leben und diesem speziellen Flug. Sie trug den kleinen Jungen noch immer in sich. „Wenn ich doch nicht platzen müsste", dachte sich die Seifenblase. Noch ein Stückchen höher ging es in den Nachthimmel und vorbei an einem Fabrikgelände. Schon von weitem sah die Seifenblase den rauchenden Kamin. „Ha, was einmal geklappt hat, klappt auch ein zweites Mal", sprach die Seifenblase sich selber Mut zu. Gesagt, getan, sie flog direkt auf den Kamin des Fabrikgebäudes zu und platzierte sich genau über der rauchenden

Öffnung. So war es möglich, das sich der Rauch direkt auf die Haarsprayhülle der Seifenblase legte. Somit erhielt sie den letzten Rest an Festigkeit, der alles zusammenhielt und der zum Weiterleben notwendig war. Trotzdem blieb die Seifenblase nach wie vor durchsichtig und trug viele Farben in sich: ein glänzendes Silber, ein intensives Violett, ein kräftiges Rot, ein warmes Gold und viele Farben mehr. Die Seifenblase flog durch die Nacht und ließ sich vom noch warmen Abendwind immer weiter treiben.

Die Lichter der Stadt wurden deutlich schwächer, die Seifenblase bemerkte, dass sie schon weit außerhalb der Stadt war. Sie schwebte auf einen Wald zu, der durch die Nachtlichter schemenhaft zu erkennen war. Während der Sternenhimmel mit sich selbst um die Wette blinkte und funkelte, tauchte der Mond alles in ein besonders warmes Licht. Die Seifenblase ließ sich langsam nach unten gleiten und überlegte, was zu tun sei. Sie wusste nicht warum, aber irgendwie zog sie der Wald fast magisch an.

„Willste rein?", hörte sie plötzlich eine Stimme neben sich. Sie blickte zur Seite und sah einen Frosch, lässig die Beine übereinanderschlagend, auf einem Baumstamm sitzen.

Die Seifenblase war überrascht und antwortete fast reflexartig, jedoch mit dünner Stimme: „Ja, warum nicht."

„Kostet fünfzig Euro, Abendtarif, Führung inklusive, wenig quatschen, 'ne Märchenfigur ist zu buchen", fasste der Frosch in leicht gelangweiltem Ton zusammen.

„Märchenfiguren sind aus", brüllte daraufhin eine Stimme von hinten.

Bei genauerem Hinsehen erkannte die Seifenblase einen Holztresen im Hintergrund, auf welchem ein kleines dünnes Männchen saß. Es hatte die Beine übereinandergeschlagen und stocherte mit einer Nadel in seinen Zähnen herum. „Wo ist überhaupt dein Ausweis, Fred?", setzte das Männchen noch nach. Fred, der Frosch, ließ sich nicht lange bitten. Ohne seine lässige Sitzposition zu verändern, rollte er seine Zunge komplett aus, holte darunter einen laminierten Ausweis hervor und las leicht genervt und betont langsam vor: „Staatlich geprüfter Waldmärchenführer, beglaubigt am …"

„Schon gut, schon gut", unterbrach ihn das Männchen. „Ist heute sowieso nicht viel los, ihr könnt auch so rein, ich drück' mal ein Auge zu. Gestern war hier die Hölle los. Alle wollten sie Schneewitt-chen buchen oder Dornröschen oder Aschenput-tel, fast keine Männer waren gefragt. Was machst du dann, bist kundenorientiert und der Laden muss laufen. Also habe ich einen Zeitplan aufge-stellt, normalerweise nehmen wir die Zeiten bei den Führungen nicht so genau ..."

„Schwätzer", raunte Fred, der Frosch, der Seifen-blase zu, während das kleine dünne Männchen weiter und weiter erzählte, bis es endlich zu ei-nem Ende kam: „Na denn, ich muss jetzt heim, meine Liebe wartet auf mich", beendete das kleine Männchen seine Ausführungen.

„Du kennst die Liebe?", wollte die Seifenblase wissen.

„Ja, natürlich", entgegnete das Männlein mit hochgerecktem Kopf und entschlossener Miene:

„Ich bin hinausgezogen in die Welt, habe viele Kämpfe ausgefochten, Hindernisse überwunden und mit viel List mein Ziel erreicht, bevor ich die Königstochter, meine große Liebe, zur Frau be-kam. Wir leben schon sehr, sehr lange und sehr glücklich zusammen. Und die Moral von der Ge-schichte ist, dass auch der Schwache, wenn er nur selbstbewusst und einfallsreich ist …". Dabei hob er die Hand mit seiner Nadel schulmeisterlich in die Höhe. „Wenn er nur selbstbewusst und einfallsreich ist, Großes, ja sehr Großes erreichen kann. In diesem Falle ist es MIR, dem tapferen Schneiderlein, gelungen", fügte er stolz hinzu.

„Schwätzer, sag' ich doch", flüsterte der Frosch der Seifenblase zu und setzte nach: „Also biste dabei? Wenig quatschen – Deal?"

Die Seifenblase nickte zustimmend, indem sie sich einmal kurz von hinten nach vorne rollte. Sie bedankte sich anschließend beim tapferen Schneiderlein für den kostenlosen Eintritt. Das tapfere Schneiderlein erklärte ihnen ausführlich, welche Möglichkeiten es in dem Wald gäbe und welche nicht, welcher Rundgang in der Nacht empfehlenswert sei und welcher am Tag. Währenddessen trommelte Fred, der Frosch, ungeduldig mit seinen Fingern auf dem Tresen:

„Schneider – Mann, weiß ich doch alles."

Zum Schluss wünschte ihnen das tapfere Schneiderlein noch viel Spaß auf der Reise und schritt laut singend und mit der Nadel dirigierend in die Nacht.

IN DER NACHT SIEHT MAN MANCHES
DEUTLICHER ALS AM TAGE, UND INNEN
IST NICHT GLEICH AUSSEN.

„Mann, Mann, Mann, diese Esoteriker", brummelte Fred, der Frosch, vor sich hin. Kopfschüttelnd schlenderte er unter dem großen Schild mit der Aufschrift durch, welches den Eingang zum Märchenwald markierte.

„Was ist denn damit gemeint?", wisperte die Seifenblase.

„Find'ste schon noch raus." Fred, der Frosch, war wie immer sehr reduziert in seiner Ausdrucksweise und schlenderte den schmalen Pfad entlang. Die Seifenblase war etwas ratlos und folgte ihm auf dem Pfad, der sich durch den düsteren Wald schlängelte.

Die Seifenblase und Fred, der Frosch, waren schon einige Zeit unterwegs. Der Frosch lief mit seinen großen Füßen gemütlich platschend den Weg entlang. Die Seifenblase fühlte sich unsicher. Sollte sie den Frosch nach der Liebe fragen? Würde er ihr zeigen, wo sie im Wald zu finden war? Wusste der Frosch denn selber, was Liebe ist? Die Seifenblase versuchte es zögernd:

„Fred?"

„Yep."

„Was ist Liebe?"

Fred, der Frosch, rollte trotz der Dunkelheit deutlich sichtbar mit seinen Augen. „Okay, ich habe es geahnt."
Seinen kleinen Körper mit sich schleppend, trottete er fast versonnen vor sich hin. Die Seifenblase folgte ihm.

„Los geht's, Lektion eins", kam es plötzlich wie aus der Pistole geschossen aus seinem Mund, und er rollte seine lange Zunge aus in den Himmel. Fred, der Frosch, brachte mit einem kleinen Zungenschnalzer einen kleinen Stern zum Leuchten. Dieser Stern strahlte einen Hügel an, der vorher in der Dunkelheit nicht auszumachen war. Der Stern bündelte all seine Strahlkraft einem Scheinwerfer gleich und präsentierte eine Szenerie:

Auf der beleuchteten Lichtung stand eine Maus, aufgeregt von einem Füßchen auf das nächste tretend. Schnell sprach sie in ihr Mikrofon:

„Eins, zwei, eins, zwei, Test, Test – geht es los?"

Nachdem sie keine Antwort erhielt, fuhr sie fort, in die Dunkelheit hinein zu fragen:

„Was ist Liebe?"

Es schien so, als ob sie selber nicht wüsste, was passieren würde. Tapfer hielt sie jedoch die Stellung und blickte sich nach allen Seiten um.

Einige Sekunden passierte nichts, dann war plötzlich ein donnerndes Geräusch zu hören. Aus dem Dunkel heraus rannte ein Wildschwein in das Licht.

„Einfühlsam",

brüllte es in die Nacht. Der Frosch machte mit seinem Kopf eine seitlich nickende Bewegung zur Seifenblase, die ein „Verstehst Du?" ausdrücken sollte. Das Wildschwein tänzelte aufgerichtet und nur auf zwei Beinen langsam und elegant zur Seite.

Die Maus wiederum war sich ihrer Rolle als Moderatorin bewusst, so zumindest hatte man ihr diese Tätigkeit verkauft. Sie wiederholte nach einer angemessenen Pause, nun schon mit festerer Stimme:

„Was ist Liebe?"

„Glücklich machend, glücklich machend, glücklich machend, glücklich machend",

brummte in einer einfachen Melodie ein Bär, der aus dem Dunkeln auf die Lichtung lief und sich neben das Wildschwein stellte. Seinen dicken Hintern hin und her schwingend, sah man ihm an, dass er sein „Glücklich machend" noch immer im Kopf vor sich hin sang.

„Bedingungslos", kam plötzlich aus dem Dunkeln.

„Moment, Moment, ich muss doch noch die Frage stellen!", spreizte sich die Maus recht erbost dazwischen.

„Mach mal 'ne Ausnahme, Mäuschen", insistierte Fred, der Frosch.

Man hatte den Eindruck, es konnte ihm nicht schnell genug gehen, und jede Unterbrechung erschien ihm lästig. Die Maus überging diese Beleidigung, war sie doch so einiges in ihrem Leben gewohnt. Selbstbewusst positionierte sie sich auf der Lichtung und stellte erneut die Frage:

„Was ist Liebe?"

Kaum hörbar lugte ein Hase hinter einem Stein hervor und krächzte erneut mit ängstlicher Stimme:

„Bedingungslos."

Als der Hase sich wieder hinter dem Stein verstecken wollte, packte ihn der Bär im Genick und stellte ihn direkt neben sich in die Reihe. Der Hase blieb daraufhin verschüchtert und leicht zitternd stehen, er hielt seine Position. Die Maus – man sollte erwähnen, es war eine weibliche und sehr hübsche Maus – strich sich mit einer langsamen Bewegung ihre Fellhaare hinter die Ohren. Nach einer gediegenen Pause, in der sie huldvoll in die Runde blickte, setzte sie erneut mit ihrer glockenhellen Stimme an:

„Was ist Liebe?"

„Im Allgemeinen ist es erst einmal ein Gefühl. Es kann erwidert werden oder auch nicht. Es kann viel sein, ganz, ganz viel. Wobei am Anfang in der Regel eher weniger, dann mehr und mehr. Immer dann, wenn diese Liebe sich im dialogischen Raum zwischen zwei Lebewesen befindet, entwickelt sich dieses Gefühl. Es muss eben nicht nur ein Gefühl zwischen zwei Menschen sein, es kann auch ein Gefühl für ein Tier sein, ja sogar für eine Beschäftigung oder eine besondere Leidenschaft. Die Liebe aber, die du hier meinst, meine Freundin, ist eine Liebe, die erst einmal auf Selbstliebe gründen sollte, bevor sie in die Partnerliebe mündet …

„Er schon wieder", raunte Fred, der Frosch, der Seifenblase zu, indem er genervt seine Augen nach oben klappte.

„Beruht diese Partnerliebe auf Gegenseitigkeit, was das höchste aller Gefühle ist, kann sie sich in Zärtlichkeiten ausdrücken, in Küssen, in Blicken, in Berührungen und sogar in einer körperlichen …"

Wumms

Mit einem großen Flügelschlag fegte ein riesiger Adler im freien Flug das tapfere Schneiderlein von der Lichtung und stellte sich anschließend neben den nun noch stärker zitternden Hasen mit den Worten:

„Loslassen!"

Die Seifenblase war ganz fasziniert von den Tieren und dem Auftritt. Sie hatte aufmerksam zugehört und sich alles gemerkt: „einfühlsam", „glücklich machend", „bedingungslos", „ganz, ganz viel" und „loslassen", wiederholte sie mehr für sich und recht leise.

„Capito?", sagte Fred, der Frosch, der sie gehört hatte. Er zog mit seiner langen Zunge eine Wolke vom Himmel herab. Mit den Worten: „Vorhang fällt, Auftritt beendet", knipste er das Sternenlicht aus.

„Ich danke euch", rief die Seifenblase den Tieren hinterher, „ich danke euch sehr!" Sie beeilte sich, Fred, dem Frosch, hinterherzukommen, der schon wieder auf dem Pfad unterwegs war.

Die Seifenblase war sehr aufgewühlt. Sie hatte das Gefühl, von den Wörtern umgeben zu sein. „Einfühlsam", hörte sie mal hier, „glücklich machend" mal dort. „Ganz, ganz viel", „bedingungslos" und „loslassen" schwirrten umher.

Fred, der Frosch, lief unbeirrt weiter, den Blick starr nach vorne gerichtet. Hier und da gönnte er sich einen Seitenblick, nur mit den Augen, zur Seifenblase:

„Mach dich locker, Liebe ist einfach, wenn's einfach Liebe ist", war sein lakonischer Kommentar.

Fred, der Frosch, und die Seifenblase wanderten weiter. Die Seifenblase entspannte sich ganz allmählich, und mit der Zeit konnte sie den Weg wieder genießen, der Wald half ihr dabei. Er war ruhig und angenehm, an manchen Stellen erfrischend kühl, an anderen noch warm von der Tagessonne. Der Wald war, als würde er schützend alles umfangen und von der sonstigen Welt abschirmen. Er schmiegte sich direkt in die Seele hinein.

Die beiden waren schon einige Zeit unterwegs. Die Seifenblase war immer noch in ihre Gedankenwelt versunken. Deutlich war ihr anzumerken, dass sie noch sehr viele Fragen hatte.

„Leeektion zwei", weiß schon, was du mich fragen wolltest".

Mit diesen Worten tapste Fred auf einen Baumstumpf, bückte sich kurz, um ein Stück Moos aufzuheben und dieses auf den Baumstumpf zu drücken. Mit seinen großen Händen patscht er nochmals alles fest, bevor er sich seufzend setzte, um für kurze Zeit auszuruhen. Nach einer Weile nickte er der Seifenblase zu:

„Setzen, schauen, lernen", war seine simple wie klare Botschaft.

Gemütlich tappte Fred, der Frosch, zu einem großen, fast kreisrunden Stein. Beherzt sprang er auf diesen Stein und versuchte, ihn im Uhrzeigersinn zu drehen. Schon traten kleine Schweißperlen auf seine Stirn, Fred ächzte und seufzte. Es half alles nichts. Seine dünnen Beinchen bemühten sich nach besten Kräften, jedoch ohne Erfolg. Der Stein war größer als Fred, der Frosch, und anscheinend nicht zu bewegen. Nachdem Fred sinnierend und sich am Kopf kratzend auf dem Stein kauerte, kam ihm die zündende Idee: Er rollte seine lange und kräftige Zunge aus. Gemeinsam mit ihr und seinen Händen war es endlich möglich, den Stein zu verschieben. Kaum war dies vollbracht, war ein Knirschen und Ächzen zu hören. Im direkten Blickfeld der Seifenblase schoben sich alle großen Zweige und dichten Äste zweier gegenüberstehender Bäume auseinander. Eine freie Fläche tat sich auf. Umringt von einem hellen Lichtschein und hunderten von Schmetterlingen sah die Seifenblase eine wunderschöne Fee durch die Lüfte fliegen. Die Fee trug ein weißes Gewand mit silbernen Fäden, und ihr Kleid war noch feinstofflicher als sie selbst. Sie trug einen klassischen Pixie-Feen-Cut, der ihr liebreizendes Gesicht perfekt umrahmte.

Die Fee schüttelte ihre Haare, nahm einen konzentrierten Gesichtsausdruck an und blickte sich dann in alle Richtungen um, als würde sie auf ein Zeichen warten. Vergeblich. So legte sie einfach los:

„What is love? Baby don't hurt me, don't hurt me …"

„Psst", machte Fred, der Frosch.

„No more", trällerte die Fee.

„Psst", kam nun schon resoluter von Fred, dem Frosch.

Die Fee sang unbeirrt weiter: „Oooh ooh, I don't know, what can I do? What can I say, it's up to you."

„Deutsch, Fee, d e u t s c h e Waldmärchenführung!", äußerte Fred, der Frosch, nun deutlich lauter und durchaus genervter.

„Oh, Verzeihung!" Die Fee zog entschuldigend die Schultern hoch, ließ sich jedoch nicht beirren und sang kurzerhand weiter:

„Ich bin es, die gute Fee. Was ist Liebe? Kein Leid, kein Weh."

Fred, der Frosch, hatte es sich zwischenzeitlich wieder neben der Seifenblase auf dem Baumstamm mit dem weichen Moos gemütlich gemacht. Er stützte seine Arme hinter seinem Körper ab und lehnte sich weit nach hinten. Fassungslos den Kopf schüttelnd brach es aus ihm hervor: „Grottenschlecht, oder? Zeitarbeiterin mit Mindestlohn. Noch Fragen?"

Die Fee schraubte sich in kleinen Kreisen, dabei sehr bemüht, feenhaft elegant zu wirken, durch die Luft. Sie verstreute ihren Feenstaub. Ein Bild formierte sich.

Erst war das Bild nur in schwachen Umrissen auszumachen, nach und nach wurde es immer deutlicher. Auf einer Art Leinwand war ein Haus zu erkennen, klein wie ein Hexenhaus. „Vermutlich Hänsel und Gretel, jetzt geht es mit den Märchen weiter", dachte die Seifenblase. Vor dem Haus stand eine Bank, auf der zwei Gestalten saßen. Bei näherem Betrachten war klar, dass es nicht Hänsel und Gretel waren, sondern ein Mann und eine Frau.

Die Fee wedelte erneut mit ihrem Feenstab, das Bild war immer noch etwas verwackelt. Die Fee gab alles und setzte ihre transparenten Flügel so geschickt ein, dass sie schnell über das ganze Bild fliegen konnte. Dabei machte sie kleine kreisende Bewegungen mit ihren schlanken Händen, wobei sich das Bild immer mehr vergrößerte und alles klar wurde.

„Ton, Fee, Ton", raunte Fred, der Frosch, der Aushilfs-Fee hinter seiner seitlich vorgehaltenen Hand zu.

Die Fee, man konnte es ihr deutlich ansehen, war peinlich berührt. Sie war nicht unbedingt technikaffin. Sie drehte sich mehrfach im Kreis und flog dann raketenartig hoch. Energisch darum bemüht, nichts falsch zu machen, wedelte sie dabei die ganze Zeit sichtlich aufgeregt ihren Feen-Staub durch die Luft, bis der gewünschte Ton zu vernehmen war.

Gemeinsam mit dem klaren Bild war jetzt der Konflikt zu erkennen, der zwischen den beiden entbrannt war. Die Frau schrie den Mann an, der Mann brüllte dagegen an. Sie hatten einen furchtbaren Streit. Man konnte die Wörter nur schwer verstehen. Deutlich sichtbar zeigte sich, dass beide sehr wütend und aufgebracht waren. Nach einiger Zeit standen der Mann und die Frau auf. Sie liefen wild gestikulierend ins Haus, während sie dazwischen immer wieder entrüstet stehen blieben und all ihren Unmut von sich gaben.

Die Seifenblase war verwirrt. „Ich verstehe das nicht, was hat das mit Liebe zu tun?", fragte sie Fred, den Frosch.

„Zoomen, Fee", war die Antwort.

Die Fee, mittlerweile schon versierter, zoomte auf Anhieb ins Innere des Hauses:

Die Frau saß neben dem Mann, bei näherem Betrachten sah man, dass ihr Körper vom Weinen nur so durchgeschüttelt wurde. Auch dem Mann liefen stille Tränen über die Wangen. Die Traurigkeit der beiden war deutlich zu spüren. Nach einiger Zeit fassten sie sich erst an den Händen, dann nahmen sie sich in die Arme. Ganz fest aneinandergedrückt trösteten sie sich und wollten sich nicht mehr loslassen.

Die Seifenblase war vollends verwirrt und schaute hilflos den Frosch an. Ein stummes „Was ...?" konnte man ihrem Ausdruck entnehmen.

„Er hilft ihr beim Streiten, er hilft ihr beim Weinen, er hilft ihr beim Fühlen", wisperte eine helle Stimme, die definitiv nicht zur Stimmlage von Fred, dem Frosch, passte.

Die Stimme gehörte einem kleinen Marienkäfer, der sich auf den bemoosten Baumstumpf genau zwischen Fred, dem Frosch, und der Seifenblase setzte. Der Marienkäfer strich sich über seine Flügel und schlug seine Beinchen übereinander. Die beiden Arme oder Füße, je nachdem, wie man es sehen möchte, verschränkte er, während er vor sich hin sinnierte:

„Innen ist nicht gleich außen. Die Frau hatte das Fühlen verlernt", setzte der Marienkäfer lächelnd nach, während er sich langsam über seine vierzehn Punkte auf dem Rücken strich.

Die Seifenblase ließ die ganze Geschichte auf sich wirken, während eine gewisse Unruhe bei Fred, dem Frosch, zu spüren war. Langsam erhob er sich vom Baumstumpf, er dehnte und streckte sich und trat dann ein paarmal auf der Stelle, fast so, als wolle er einen Laufwettkampf gegen sich selbst gewinnen. Danach schüttelte er sich, gähnte ausgiebig und machte es sich dann im Yoga-Sitz auf dem Boden bequem. Er streckte seine Arme von sich und führte seine beiden Mittelfinger zum jeweiligen Daumen. Danach atmete er mehrfach tief in seinen Bauch, wobei er langsam seine Augen schloss. Dann verkündete er:

„Mhmnaaa, Lektion drei."

Dabei öffnete er das rechte Auge einen Spaltbreit und zwinkerte. Langsam und mit einem leichten Seufzen löste er sich aus seiner Yoga-Haltung und kam in den Schneidersitz. „Meine Lieblingslektion", erklärte er kurz. Er drehte sich um und zog eine Schale, komplett aus Blättern und Ästen gefertigt, hinter dem Baumstamm hervor. „Auch welche?", hielt er schmatzend seine Chips-Schale der Seifenblase hin. Die Seifenblase verneinte und starrte gebannt nach vorne.

Die Fee wiederum war etwas verwirrt und wartete auf ein Zeichen zum Weitermachen. Fred, der Frosch, stupste sie mit seiner langen Zunge an. Die Fee stolperte nach vorne und verstreute dabei erneut ihren Feenstaub.

Das bisherige Bild verschwand, einige weiße Funken wirbelten hin und her, dann war klar und deutlich das Bild eines schönen jungen Mannes zu sehen. Er war hochgewachsen, hatte blondes, volles Haar und leuchtend blaue Augen. Entschlossenen Blickes stand er da, bereit für seinen Einsatz. Einen kurzen Augenblick schien er fast reglos in sich versunken, bis ihm klar wurde, dass es losging.

Die Fee wedelte mit ihrem Stab, die Einstellung veränderte sich. Nun war der Mann in ganzer Pracht zu erkennen. Er trug ein schweres Gewand mit goldenen Verzierungen. Die Krone fiel ihm fast aus der Hand, als er in getragener Manier ein paar Schritte nach vorne lief. Schnell setzte er sich die Krone auf sein Haupt. Ein Prinz von gar liebsamer Gestalt, so viel war klar. Hinter dem Prinzen zeichnete sich eine riesige undurchdringliche Hecke ab. Der Prinz drehte sich zur Hecke, grübelte, seine Fingerspitzen an die Lippen haltend, vor sich hin, bevor er sich anschließend seinem imaginären Publikum zuwandte:

„Da hilft nur eins, Teleskop-Elektro-Heckenschere Typ 15/48."

Mit diesen Worten zog er die Heckenschere aus seinem güldenen Rucksack, was ihm nicht auf Anhieb gelang. Die Schere verfing sich immer wieder im Rucksack. Etwas energischer und mit einem breiten, entschuldigenden Grinsen zerrte er an dem Rucksack, bis er endlich die Heckenschere in der Hand hielt. Die peinliche Situation mit den Worten „Akku sei Dank" überbrückend, machte er sich ans Werk. Innerhalb kürzester Zeit hatte er sich einen Durchgang durch die Hecke geschnitten. Die Schere funktionierte vortrefflich und der Prinz verstand sich aufs Schneiden. Es schien, als sei er gut trainiert darin. Fast liebevoll formte er nun mit seinem ausfahrbaren Teleskopstiel einen Rundbogen in die Heckendecke.

„Vorspulen bitte", rief der Frosch der Fee zu, indem er seine Hände zu einem Megafon formte.

„Liebt Details, der Typ", fügte er erklärend hinzu.

Nachdem die Fee mehrmals Kreise in die Luft gemalt hatte, beschleunigte sich das Bild, sodass nichts mehr zu erkennen war, und fand Halt in einer neuen Einstellung. Der Prinz stand in einem runden Turmzimmer, welches in rosafarbenen Tönen gehalten war. In der Mitte des Raumes befand sich ein riesiges Himmelbett. Auf diesem Bett, hinter durchsichtigen hellen Schleiern, lag ein wunderschönes Mädchen mit goldblond gelocktem Haar. Die langen Haare wallten über ihren Körper, legten jedoch das unschuldige Gesicht frei und ließen es in seinem ganzen Liebreiz erstrahlen. Der Prinz küsste das Mädchen, sie öffnete langsam ihre Augen, beide blickten sich tief an und …

„Vooorspulen, sentimentaler Kram. Und dieses Rosa. Himmel!"

Der Frosch schüttelte sich fast angewidert, rollte mit den Augen und stopfte, um sich zu beruhigen, weiterhin Chips in sich hinein. Die Fee tat, wie ihr geheißen, und ein neues Bild entstand.

Der Prinz und die Prinzessin saßen gemeinsam auf einer Bank, sichtlich älter geworden. Weder die Augen noch die Gesichter strahlten, vereinzelt waren graue Strähnen in ihren Haaren auszumachen. Die Prinzessin wandte sich mit einem müden und langsamen Blick an den Prinzen:

„Wo genau kommen Sie her?", und nach einer kleinen Pause: „Und wer sind Sie?"

Geduldig erklärte der Prinz der Prinzessin alles, was sie wissen wollte. Sie nickte mehrfach sinnend mit dem Kopf. Man sah ihr an, dass sie nicht alles verstanden hatte. Nach einiger Zeit stellte der Prinz eine Spindel vor die Prinzessin, damit sie spinnen konnte. „Macht sie sowieso", bemerkte Fred, der Frosch, etwas respektlos. Die Prinzessin nahm die Spindel in die Hand, stach sich in den Finger und fiel in einen tiefen Schlaf. Das Bild verdunkelte sich, nur noch schwärzeste Nacht war auf der Leinwand zu sehen.

Nach einiger Zeit formierte sich ein neues Bild. Es zeichnete sich eine Hecke ab, die sehr hoch und dicht wuchs. Um die Hecke rankten sich weiße Rosen. Die Geschichte begann von vorne.

Der Prinz war erneut als junger Mann zu sehen, hübsch und hoffnungsvoll. Er streckte seine Hand aus, hielt eine Packung Kekse hoch und sprach:

„Prinzenrolle, goldbraun gebacken mit wertvollem Korn, beseitigt alle Hecken, versüßt dir jeden Dorn."

Nach diesen Worten machte er sich wiederum daran, einen Eingang in die Hecke zu schneiden. Die Seifenblase rollte unbehaglich auf ihrem bemoosten Sitz hin und her.

„Werbeeinblendung, muss sein", erklärte Fred, der Frosch.

Die Seifenblase rollte nun nervös vor und zurück: „Das ist Liebe? Ich verstehe das nicht."

Wieder war es der Marienkäfer, der seine Stimme erhob: „Kraft meiner Gestalt bin ich das Symbol für Glück in der Liebe und eine positive Entwicklung. Meine Aufgabe ist es darüber hinaus, Verstecktes zu beleuchten. Daher höret genau zu: In der Nacht sieht man manches deutlicher als am Tage."

„Marienkäfer, Klartext!", raunte Fred, der Frosch.

„Sie haben gemeinsam ein langes und sehr glückliches Leben gelebt bis zu dem Tag, an dem sich die Prinzessin an nichts mehr erinnern konnte", erklärte der Marienkäfer. „Nicht einmal ihren Prinzen erkannte sie mehr. Der Prinz war sehr verzweifelt und wusste nicht mehr aus noch ein. Viele lange Nächte verbrachte er grübelnd, bis er im Dunkeln über die Spindel fiel. Damit kam ihm die rettende Idee:

Der Prinz lässt die Prinzessin immer wieder neu spinnen und führt sie damit wieder und wieder in die schwarze Nacht. Er lässt sie in einen tiefen Schlaf fallen. In der Dunkelheit erinnert sich die Prinzessin stückchenweise an ihr gemeinsames Leben, und mit jedem neuerlichen Aufwachen sind sie einen kleinen Schritt weiter. Er macht sich immer wieder mit ihr auf die gemeinsame Reise. Er lässt sie nicht alleine in dieser Zeit, und er hat sehr viel Geduld."

Der Marienkäfer stand auf und strich sich aufs Neue über seine vielen Punkte. Mit einem leichten Kopfnicken gab er zu verstehen, dass seine Erklärung beendet war.

Die Seifenblase war erneut sehr nachdenklich. So vieles hatte sie gesehen, und sie brauchte noch Zeit, um alles zu verstehen. Sie bedankte sich bei dem Marienkäfer und bei der Fee und schritt gemeinsam mit Fred, dem Frosch, durch den Wald, der von den Sternen sanft beleuchtet wurde.

Die Seifenblase und Fred, der Frosch, waren einige Zeit unterwegs. Beide waren sie in ihre Gedankenwelt versunken. Woran die Seifenblase dachte, können wir leicht erahnen. Woran dachte der Frosch?

„Ich glaube, sie hat das Prinzip noch nicht ganz verstanden. Versuchen wir es auf andere Art und Weise", sprach der Marienkäfer in die Stille.

Fred, der Frosch, wandte sich dem Marienkäfer zu, der sie die ganze Zeit unbemerkt verfolgt hatte:

„Plan B, oder?"

Der Marienkäfer nickte langsam und betrübt: „Aber ist das nicht zu gefährlich?"

„Nö", war alles, was Fred der Frosch zu sagen hatte.

Mit einem kurzen Nicken gab der Marienkäfer zu verstehen, dass für ihn klar war, was er nun tun musste. Er strich sich wiederum über seine Punkte auf dem Rücken, breitete seine Flügel aus und flog durch die Nacht. „Ich bin gleich wieder da", rief er der Seifenblase zu. „Warte auf mich!"

Die Seifenblase war ratlos. Was sollte denn jetzt noch passieren? Fred, der Frosch, nahm auf einem großen Baumstamm Platz, der längs am Boden lag, und bedeutete der Seifenblasse, ebenso Platz zu nehmen, indem er mit seiner rechten Hand aufmunternd neben sich klopfte. „Setz dich!" Die Seifenblase ließ sich neben dem Frosch nieder und wartete. Fred, der Frosch, hatte erneut die Beine übereinandergeschlagen. Im Yoga-Sitz saß er auf dem Baumstumpf, scheinbar in sich versunken.

Nach einiger Zeit hörte man Rascheln im Gebüsch und das aufgeregte Schnaufen des Marienkäfers.

Daneben eine dünne Stimme, die in fast beschwörendem Ton sang:

„Augen zu, hör auf mich, vertraue mir, zähl' ich bis vier."

„Das ist doch nie und nimmer Kaa!", schrie Fred, der Frosch. Er war ausgesprochen erbost: „So ein Schwachsinn."

„Es tut mir leid, ich war eben so aufgeregt. Fünf, natürlich, ich zähle immer bis fünf. Mir war der genau Wortlaut nicht mehr so ganz geläufig."

„Nicht mehr so ganz geläufig, du sollst hypnotisieren!", polterte Fred, der Frosch, los.

„Entschuldigt bitte!", beeilte sich der Marienkäfer die Situation zu retten. „Drüben im Comicwald ist die Hölle los. Ein Bus mit Oliogarchen ist angekommen."

„Oligarchen, du Pfeife!", korrigierte Fred, der Frosch.

„Na ja, auf alle Fälle ein ganzer Bus voller reicher Menschen. Sie haben sich regelrecht in Kaa, die Riesenschlange, verliebt. Sie ist im Dauereinsatz und bekommt das Honorar ihres Lebens. Sie will einen Teil davon in die neue Kulisse und Bühne investieren. Ich konnte sie nicht abziehen. Tut mir wirklich, wirklich leid. Aber ich bin überzeugt, Maximilian kann das auch", versuchte der Marienkäfer die Situation zu retten.

„Max reicht. Mein Name sollte ja nicht länger sein als ich selbst."

Mit einem nervösen Lächeln im Gesicht kam Max zum Vorschein, ein kleiner Regenwurm, der als Fragezeichen geformt vor Fred, dem Frosch, und der Seifenblase stand. Seine Nervosität war ihm deutlich anzusehen. Mit schiefem Mund versuchte er sein Lächeln zu halten. Es schien so, als wolle er sich selbst damit aufmuntern.

„Und wie der da steht!", raunzte Fred, der Frosch. „Pfff, was soll das werden."

„Also, ich habe eine vierjährige Ausbildung bei Kaa absolviert. Sie hat mir alles beigebracht. Es war eine sagenhafte Zeit, und ich habe viele tolle Menschen und Tiere kennengelernt. Ich habe so viel für mich und mein Leben mitgenommen." Max stand versonnen, auch etwas beleidigt da. Er löste seine Fragezeichenfigur auf. Bei den nächsten

Worten bewegte er sich aufgeregt auf und ab, sein Körper ging in Wellen: „Ich habe nicht nur gelernt, wie man hypnotisiert, sondern auch, worauf es wirklich im Leben ankommt. Daneben haben wir uns auf emotionale Blockaden, aufgestaute Gefühle oder nicht gelebte Gefühle spezialisiert."

„Yep", würgte Fred, der Frosch, heraus.

„Die nächste Stufe wird das Coaching sein, Kaa-Coaching genau genommen. Diese Methode wird verfeinert, ausgebaut und ergänzt. Mit meiner Hilfe. Von der tiefen Entspannung zur spannenden Tiefe, mein Slogan." Voller Stolz stand Max vor Fred, dem Frosch. Diesmal nahezu komplett und vollkommen gerade aufgerichtet, strotzte er nur so vor Selbstbewusstsein: „Kaa will mich als Trainer beschäftigen."

Fred, der Frosch, rollte mit den Augen: „Bist du mit dem Schneiderlein verwandt?" Dabei formte er seine Finger zu einer sprechenden Hand, indem er seine Finger vom Zeigefinger bis zum kleinen Finger zusammenpresste und gegen seinen Daumen klappte, auf und zu, wie ein Mund, der permanent im Einsatz war.

„Hä?"

Max war irritiert und dadurch in seinem Redefluss gestoppt.

Der Marienkäfer versuchte erneut die Situation zu retten: „Es geht um die Seifenblase und um die Liebe."

„Ja, die Liebe." Die Seifenblase seufzte.
„Ja, die Liebe." Der Marienkäfer seufzte.
„Ach ja, die Liebe." Der Wurm seufzte.
„Ein Wurm …" Fred, der Frosch, seufzte.

Max richtete sich zu voller Größe auf. „Ich kann das, du musst nicht an mir zweifeln. Ich bin zwar ein Wurm und wirbellos, aber nicht talentfrei und vor allen Dingen nicht niveaulos."

Mit diesen Worten sandte er einen wütenden Blick zu Fred, dem Frosch.

„Okay, okay, dann hypnotisiere mich zuerst", lenkte Fred ein.

„Dich?", Max stand als verdutztes Fragezeichen vor Fred, dem Frosch.

„Ja, mich, wenn's bei mir klappt, klappt's auch bei ihr", versicherte Fred sehr zuversichtlich.

Max war augenscheinlich etwas beleidigt, dass er sich einem Test unterziehen musste, um seine Fähigkeiten zu beweisen. Gleichzeitig wusste er, dass viel für ihn auf dem Spiel stand. Er wollte sich einen Namen machen und nicht Zeit seines Lebens als kleiner Wurm durch die Gegend kriechen.

„Okay, von der tiefen Entspannung zur spannenden Tiefe. Leg dich ganz bequem hin, schließe deine Augen, atme tief ein und tief aus!", startete Max mit seiner Hypnose.

Fred, der Frosch, grinste mit geschlossenen Augen. Es war unschwer zu erahnen, was er dachte.

„Bringe deinen Körper in die für dich richtige Position und atme noch einmal tief ein und tief aus!" Max ließ sich nicht beirren. „Dein Kopf ist entspannt, deine Schultern sind entspannt, dein Brustkorb ist entspannt, und du atmest tief ein und tief aus."

Der Frosch atmete sehr gleichmäßig und lag ruhig auf der Erde.

„Dein Unterkörper ist entspannt, deine Beine und deine Füße sind entspannt." Max war nun in seinem Element. Fred, der Frosch, hatte seine gro-

ßen Füße ordentlich nebeneinander gelegt, er atmete tief und gleichmäßig.

„Ich zähle von eins bis fünf, und du gehst auf einer
Treppe Stück für Stück nach unten." Max zählte langsam die Treppen durch. Fred, der Frosch,
atmete hörbar tiefer und langsamer, ganz offensichtlich war er sehr tief entspannt.

„Du bist unten angekommen, was siehst du?",
wollte Max wissen.

„Nix", kam sofort von Fred, dem Frosch.

„Was spürst du?"

„Nix", war die schnelle Antwort von Fred.

„Wer bist du, Mensch oder Tier?", versuchte es
Max weiterhin.

„Ich bin ein Mann", kam die entrüstete Antwort
von Fred, dem Frosch.

Der Marienkäfer und Max, der Regenwurm, sahen sich vielsagend an. Max fuhr fort: „Wir gehen
nun langsam zurück, und du steigst die Treppen
wieder hoch. Ich zähle von fünf bis eins. Bei eins

angekommen dehnst und streckst du dich und öffnest deine Augen." Max zählte durch und schaute gespannt auf Fred, den Frosch. Dieser öffnete die Augen, nachdem er sich vorher ausgiebig gedehnt und gestreckt hatte.

„Und wie war es?", wollte sofort der Marienkäfer wissen.

„Bin da, also okay", kam in gewohnt kurzer Form von Fred.

„Hast du was gesehen, gefühlt oder gesagt?", wollte Max wissen.

„Nix", war die lapidare Antwort von Fred, dem Frosch.

Nichtsdestotrotz, Max, der Regenwurm, hatte seinen Test bestanden. Aufgeregt hin und her kriechend überlegte er sich, wie er nun am besten mit der Seifenblase umgehen sollte.

„Hör mal, Fred, ich bin es gewohnt, dass ich mich vor einer Sitzung über die Vorgehensweise mit Kaa austausche. Sie ist ja jetzt nicht hier. Könnten wir beide miteinander sprechen?"

„Hmpf", murmelte Fred, der Frosch, nicht eben begeistert und schaute mit seinen großen Augen in die Ferne.

Max, der Regenwurm, war nicht mehr zu halten: „Also, es geht um die Liebe, und ich vermute insofern um die Liebe, die bislang nicht entdeckt, nicht gespürt, ja, nicht selbst gelebt wurde", ereiferte er sich mehr und mehr.

Fred, der Frosch, rollte seine Augen in tiefem Schmerz nach oben Richtung Himmel.

„Wenn diese Liebe nicht gelebt wurde, ist die Frage, inwieweit überhaupt die Gefühle da sind. Ich meine jetzt nicht das Fühlen als psychologische Grundfunktion, sondern eher das intuitive Erspüren, welches von Anfang an vorhanden sein sollte. Ganz von Anfang an ist sehr gut, ich denke, wir starten ganz am Anfang. Die Intuition als Begabung, als Bauchgefühl. Ja, Bauch ist gut." Als würde er sich selber Mut zureden, ereiferte sich Max immer mehr. Wiederum bewegte er sich mit all seiner Aufregung in Wellen hin und her.

Fred, der Frosch, schnaufte deutlich hörbar durch die Nase.

„Wir fangen bei der Geburt an. Wie findest du das, Fred?"

„Ähm", Fred, der Frosch, zog Augen und Schultern gemeinsam hoch. Sichtlich ratlos stand er da.

Max war sehr zufrieden. Noch einmal, wohl um sich zu sammeln, bewegte er seinen Wurmkörper in Wellen hin und her. Er war sehr zufrieden mit sich: „Ich bin ja so froh, dass wir das gemeinsam besprochen haben. Du hast mir sehr geholfen, mir geht es jetzt viel besser. Wollen wir anfangen?"

„Yep", kam schnell von Fred, dem Frosch.

Max war jetzt mit Feuereifer dabei und versuchte, es Fred, dem Frosch, gleichzutun, der sich aufs Neue im Yoga-Sitz auf einem Baumstamm niedergelassen hatte. Prompt verheddderte sich Max und saß mit einem dicken Knoten in seinem Körper und mit einer Grabesmiene in seinem Gesicht vor dem Baumstamm.

Fred erhob sich betont langsam aus seinem Yoga-Sitz. Er nahm Max in beide Hände, lockerte ihn kurz durch und löste dann behutsam den Knoten. Danach konnte er es sich nicht verkneifen, Max noch in beide Richtungen lang zu ziehen.

„Aua, ist ja schon gut", jammerte Max.

Die Seifenblase verfolgte leicht ängstlich die gesamte Szenerie und wusste nicht recht, was sie davon halten sollte. Sie schnappte den Blick des Marienkäfers auf, der ihr aufmunternd zulächelte und die stillen Worte „Keine Angst!" formulierte. Max streckte sich noch einmal und stellte sich dann aufrecht vor die Seifenblase. Nun war sie an der Reihe.

Er begann erneut mit seinem Programm des Atmens und des Zählens. Nicht lange, und alle leuchtenden Farben in der Seifenblase wechselten in ein dunkles Violett. Die Seifenblase ging tiefer und tiefer. Max machte seine Sache wirklich gut und führte die Seifenblase sehr professionell durch alle Phasen. Nach einiger Zeit war die Reise beendet. Max holte die Seifenblase wieder zurück und war ganz begierig auf die Rückmeldung.

Die Seifenblase berichtete ganz atemlos und offensichtlich immer noch sehr beeindruckt von dem, was mit ihr passiert war: „Ich konnte alles sehen, und ich konnte mich selbst ganz genau sehen, obwohl ich anfänglich Angst hatte. Ich schmeckte die ganze Welt, und ich schmeckte, woraus ich bestehe. Ich wusste nicht, wer zu mir gehört und wer nicht. Als sie mich berührten, wusste ich es ganz genau. Ich spürte, wie es ist anzufangen und wie man mich sieht. Und dieser Anfang hat ganz frisch gerochen. Wie ein neuer Tag im Wald mit dem Tau, der noch auf den Blättern ist und sich später verflüchtigt. Wie die Sonne, die stark strahlt und alles aufheizt. Erst hat es sich ganz zart angefühlt, mit der Zeit wurde es jedoch immer kräftiger. Es war schön." Die Seifenblase war jetzt ganz in sich versunken. Man hatte den Eindruck, es gab noch viel mehr, wovon sie berichten wollte.

„Meine Rede: Hören, schmecken, riechen, fühlen, sehen – trau dich, du kannst aufrecht gehen", trompetete Max voller Stolz heraus.

Max war ganz in seinem Element. „Ich denke, das könnte ein weiterer Slogan sein." Sinnierend stand er in leicht gebeugter Haltung vor der ganzen Truppe.
Fred, der Frosch, spürte deutlich, dass Max erneut großes, um nicht zu sagen sehr großes Redebedürfnis hatte.

„Ruhe jetzt!", war seine kurze und deutliche Aufforderung, der notwendigen Stille ihren Platz einzuräumen.

Einige Augenblicke lang herrschte Ruhe, nur die Geräusche des Waldes waren zu hören. Nach einiger Zeit sahen sich Fred, der Frosch, Max, der Regenwurm, und der Marienkäfer an. Es schaute fast so aus, als ob die Seifenblase alle ihre Lektionen gelernt hatte. Fast. Noch ganz in ihre Gedanken versunken über die weiteren Schritte, sahen sie von weitem das tapfere Schneiderlein strammen Schrittes auf sie zukommen. Er musste wohl gespürt haben, dass sie am Ende der ganzen Exkursion angekommen waren.

„Seid gegrüßt, meine Freunde. Was machen eure Studien zum Thema Liebe? Seid ihr schon bei Eigenliebe und Fremdliebe angekommen? Habt ihr den mitmenschlichen Beistand erklärt, wie es sich im Denken und im Tun im Dienste der Mitmenschen verhält? Die wichtigsten Inhalte der praktizierenden Liebe erklärt?" Das tapfere Schneiderlein deutete mit seiner Nadel direkt auf Fred, den Frosch, als ob er ihn damit festnageln wollte. Das Thema schien ihm sehr wichtig zu sein. „Auch wenn die Sonne nicht mehr im Zenit steht, sollte unsere Mitmenschlichkeit nicht wolkenverhangen sein, auch nicht in einen kollektiven Passivismus münden. Die universelle Liebe, die jeder in sich finden kann, ist unsere Medizin."

„Schneider!", brüllte Fred, der Frosch.

„Schon gut, schon gut", beschwichtigte dieser Fred, den Frosch. An die Seifenblase gewandt, meinte er: „Du hast bislang schon viel über die Liebe erfahren, du hast sie mit Hilfe von Max sogar gespürt. Jetzt geht es darum, wie du sie anwenden kannst." Ängstlich blickte die Seifenblase von einem zum anderen. Aufmunternde Blicke kamen von allen zurück. Max, der Regenwurm, unterstrich sein Bemühen mit einer besonderen wellenförmigen Bewegung, mit welcher er sich prompt wieder verheddelte. Fred, der Frosch, war schon geübt. Schnell rollte er seine lange Zunge aus und brachte Max in seine natürliche Form zurück.

„Es ist an der Zeit, dass wir dich alleine lassen", flüsterte der Marienkäfer und setzte noch hinzu: „Hab' keine Angst, wir sind uns sicher, du schaffst das."

"Was? Was muss ich tun, und warum lasst ihr mich alleine?", beeilte sich die Seifenblase zu fragen.

„Du wirst das schon herausfinden. Wenn du alles verstanden hast, ist es auch gar nicht schwer. Später wirst du uns wiedersehen", erklärte der Marienkäfer. Erneut nickten sich alle in der Runde zu und machten sich gemeinsam auf ihren Weg. Sie ließen die Seifenblase alleine.

Die Seifenblase überlegte, was jetzt zu tun sei. Sollte sie losfliegen, aber wenn ja, wohin denn? Müsste sie vielleicht rufen und sich bemerkbar machen, aber nach wem sollte sie rufen? Warum sollte sie alleine sein, und was hatte das denn mit der Liebe zu tun?

Die Seifenblase stellte nach einer Weile erleichtert fest, dass gar nichts passierte. Weder wurde sie von wilden Tieren bedroht, noch gab es irgendwelche Aufgaben zu erledigen. Sie war alleine, und anscheinend ging es einfach nur darum, eben alleine zu sein. Die Seifenblase machte es sich auf einem Baumstamm bequem. Sie nahm ihre Umgebung ganz bewusst wahr. Der Wald roch wie immer sehr gut. Der Baumstamm mit dem vielen Moos war bequem und weich. Man konnte es gut darauf aushalten. Langsam ging die Sonne unter, das Farbenspiel war wunderschön. Die Seifenblase nahm all die Farben in sich selber auf. Hin und wieder waren die Laute eines Tieres zu hören, was die Seifenblase jedoch nicht ängstigte. Sie ging in Gedanken nochmals alle Erlebnisse durch und nahm auch diese in sich auf. Nach einiger Zeit stellte sich vollkommene Ruhe in der Seifenblase ein. Sie genoss den Zustand. Waren es viele Tage, oder waren es schon mehrere Monate, Jahre gar? Die Seifenblase hatte jegliches Zeitgefühl verloren. Sie fühlte sich wohl mit sich selbst.

Und gerade, als sie es am wenigsten erwartete, stand plötzlich der riesige Adler vor ihr.

„Du erinnerst dich?", fragte er die Seifenblase.

„Ja, du stehst für das Loslassen", entgegnete die Seifenblase

„Genau", erwiderte der Adler. „Du musst dich jetzt entscheiden. Fred, der Frosch, hat die Möglichkeit, ein Mann zu werden. Genauso wie es in dem Märchen vorgesehen ist. Es kann alles nach Plan gehen, mit Ausnahme seiner Partnerin, der Königstochter. Mit ihr ist nicht mehr zu rechnen, obwohl sie eigentlich für Fred, den Frosch, gedacht war. Man munkelt, sie ist mit einem Bürgerlichen auf und davon."

„Aber wie sollte ich da helfen können?", wunderte sich die Seifenblase.

„Du könntest ihm mit all deiner Liebe helfen, die du auf deiner Reise kennengelernt hast und nun in dir trägst. Es gibt eine Möglichkeit. Wenn du jetzt platzt, wirst du in Millionen Teilchen zerspringen. In jedem einzelnen dieser Teilchen ist die Liebe enthalten. Fred, dem Frosch, wird sie helfen, zu seiner wahren Natur zu kommen", erklärte der Adler.

„Aber wenn ich platze, kann ich nicht mehr heimfliegen zu dem kleinen Jungen. Er war doch der Grund, weshalb ich ausgezogen bin in die Welt", entgegnete die Seifenblase.

„Du wirst deine Liebe in einer einzigen Nacht verstreuen. Überall dort, wo sie ankommt, werden Zeichen von dir übrig bleiben. Bestimmt auch bei dem kleinen Jungen", antwortete der Adler daraufhin.

Die Seifenblase überlegte lange und dachte an die Sitzung zurück, die Fred, der Frosch, absolviert hatte. Vielleicht wollte er lieber ein Mensch sein, statt als Frosch zu leben. Vielleicht litt er unvorstellbar unter diesem Frosch-Leben. In der Hypnose hatte er doch gesagt, dass er ein Mann sei. War es sein tiefster Wunsch? Wenn sie die Möglichkeit hätte, ihm zu helfen, ein Mann zu werden? Immerhin wäre sie noch in der Welt, wenn auch nicht mehr in Form einer Seifenblase. Auch wenn sie keine eigene Gestalt mehr hätte, wäre sie doch nicht einfach weg. Plötzlich war alles klar.

Der Adler beobachtete die Seifenblase aufmerksam. Diese verwandelte sich, sie wurde groß und größer und nahm bedrohliche Ausmaße an. Es sah so aus, als ob sie gleich platzen würde.

„Stoooooppppp!", brüllte Fred, der Frosch.

Fred, der Frosch, war überwältigt. Überwältigt von dem Dienst, den die Seifenblase vollbringen wollte, und aufgewühlt von der Idee, die dahinterstand.

„Ich bin kein Mensch und kein Mann, und ich will auch nie einer sein. Tausende von Frauen haben mich geküsst, und das waren keine angenehmen Küsse, kann ich euch versichern. Viele Frauen waren wesentlich älter als ich. Einige verhielten sich sehr seltsam. Manche hätten mich fast zerquetscht, und wieder andere meinten, ich sei die Erfüllung ihres Lebens, wenn ich erst einmal ein Mann wäre. Manche weinten und stellten fest, sie hätten ihr ganzes Leben auf mich gewartet. Auf mich? Haben die nichts Besseres zu tun? Als sie feststellten, dass ich mich nicht in einen Mann verwandele, quetschten sie mich in ihre Hände ein und streichelten mich unablässig. Schrecklich war das, schrecklich!"

Fred, dem Frosch, liefen ganze Fluten von Schweiß über den Körper.

„Am liebsten wäre ich aus den Händen geflutscht, hätte mich in den Königsbrunnen geworfen und wäre ertrunken. Die Königstochter wollte mich nicht an ihrer Seite, obwohl ich ihre Kugel gerettet habe. Ich wollte auch nicht an die Wand geworfen werden, damit ich mich verwandele für sie. Schrecklich! Ich bin ein Frosch. Aus – basta – fertig. Und ich will, dass man mich so nimmt, wie ich bin!"

Mit diesen Worten trommelte sich Fred, der Frosch, verzweifelt auf seine Brust.

„Trauma, eindeutig Trauma", war alles, was das tapfere Schneiderlein von sich geben konnte. Er war vollkommen sprachlos. Ausnahmsweise und auch vollkommen unüblich.

„Nein, nein, letzte Lektion", wisperte der Marienkäfer. „Wir wissen doch alle, dass wir niemanden verändern sollen. Jeder soll so sein dürfen, wie er ist."

Das tapfere Schneiderlein hatte seine Fassung wiedergefunden, so auch seinen Redefluss: „Es gibt da heute schon ganz, ganz tolle Möglichkeiten." Vertrauensvoll legte er die Arme um Fred, den Frosch, der verzweifelt ins Leere starrte. Gerade wollte er mit einer seiner weitschweifenden Erklärungen ansetzen.

„Hey, Schneider, ich entscheide ..." Fred, der Frosch, hatte sich wieder gefangen und unverkennbar zu seiner alten Form zurückgefunden.

„Ich mag dich als Frosch!", hauchte die Seifenblase.

„Ich mag dich auch", riefen der Marienkäfer und Max, der Wurm, wie aus einem Munde.

Die Seifenblase setzte an: „Ich mag dich auch so, wie du bist. Und so, wie du bist, bist du wirklich, wirklich einzigartig, die Einzigartigkeit ist es ja im Übrigen, die aus uns allen oder in uns allen ...

„Okay", unterbrach Fred, der Frosch, die Lobeshymne.

„Gut, gut, dann sind wir durch", äußerte Max, der Regenwurm, wie immer in Wellenbewegungen und kurz davor, sich erneut zu einem Knoten zu verhaken.

„Eine Kleinigkeit gibt es noch", hielt der Marienkäfer die Runde auf und blickte die Seifenblase ernst und durchdringend an. „Du hast dich auf unsere Aufgabe eingelassen."

„Du meinst die Frage, ob ich platze oder nicht?", entgegnete die Seifenblase.

„Nein, wir meinen deine Aufgabe im Wald. Du hast bewiesen, alleine sein zu können, und du hast es gemocht. Du hast die Aufgabe bestanden. Das Platzen hätten wir nie und nimmer zugelassen, aber es zeigt, dass du zu allem bereit bist", fasste der Marienkäfer sehr getragen zusammen.

Die Seifenblase dachte lange nach und blickte dann in die Runde. „Ich denke, es ist jetzt an der Zeit, dass ich heimfliege. Ich danke euch allen von Herzen. Ich habe alles verstanden, und ich habe alles dabei, was ich brauche." Einer Umarmung gleich rollte sie an jedem auf und ab, was besonders bei Max, dem Regenwurm, etwas schwierig war. Er drohte erneut, sich zu verheddern. Fred, der Frosch, bewahrte ihn vor einem neuerlichen Knoten. Die Seifenblase flog langsam in die Nacht, drehte grüßend noch einige Extra-Pirouetten und schaute sich mehrmals zu ihren Freunden um. Der Abschied fiel allen sichtbar schwer.

Die Seifenblase war lange unterwegs gewesen, um Erfahrungen zu sammeln. Für den kleinen Jungen hingegen war es nur eine kurze Nacht mit vielen Träumen, an die er sich jedoch nicht mehr erinnern konnte.

Mit einem eigenartigen Gefühl wachte er am nächsten Morgen auf. Er rieb sich den Schlaf aus den Augen, die Sonne strahlte hell in sein Zimmer. Irgendetwas fühlte sich ganz anders an als sonst. Der kleine Junge wusste nicht, was es war. Er sah sich genau in seinem Zimmer um. Alles war wie immer. Jedes Spielzeug war an seinem Platz. Er schaute an sich herab. Auch bei ihm war alles unverändert. Er zog das Logo seines Superman-Schlafanzugs auf seiner Brust glatt und wusste doch, dass er sich keinen Mut mehr machen musste. Ein letzter Blick ging zum Fenster, das noch weit geöffnet von der Nacht war.

Auf dem Fensterbrett stand eine Schneekugel. Der Junge sprang mit einem Satz aus dem Bett, um die Schneekugel schnell näher betrachten zu können. Sie sah aus, als ob sie gerade berührt worden wäre. Viele silberne Glitzerflocken wirbelten in der Schneekugel auf und ab. Mitten in der Kugel war ein dichter Wald, davor saß ein grüner Frosch im Yoga-Sitz auf einem Baumstamm, und mitten in der Luft schwebte eine wunderschöne Seifenblase. Bei genauerem Betrachten entdeckte der kleine Junge einen Marienkäfer mit vielen Punkten auf seinen Flügeln und einen Regenwurm, der vorsichtig um den Baumstamm herum lugte. Tiefer im Wald war ein kleines dünnes Männchen auszumachen, das eine Nadel hoch in die Luft streckte. Ganz vorsichtig nahm der kleine Junge die Schneekugel in die Hand und schüttelte sie sanft. Die Seifenblase flog in der Kugel langsam hin und her. Sie sah aus wie seine Seifenblase vom Vorabend. Der kleine Junge betrachtete sie ganz begeistert.

Vom kleinen Jungen unbemerkt stand seine Mutter in der Türe. Sie hatte ihn lange und nachdenklich beobachtet.

„Dein Papa war gestern Abend hier. Er sagt, er habe die Schneekugel im Wald gefunden. In ihr soll alles drin sein, was du brauchst, und alles, was du wolltest. Dein Papa sagte noch, nicht nur in alten Zeiten habe das Wünschen geholfen."

Die Mutter des kleinen Jungen lächelte, sie nahm den kleinen Jungen liebevoll in ihre Arme und zwinkerte ihm zu. „Ich glaube, dein Papa flunkert."

„Das glaube ich nicht …", sagte der kleine Junge mit entschlossener Miene und über das ganze Gesicht strahlend.